ぼうぶら

小山玄紀句集

ふらんす堂

序＊櫂未知子

鎌倉や歌声のする穴一つ

小山玄紀第一句集『ぼうぶら』の巻頭句である。紛れもなく、無季の作品である。これは、第一句集にふんだんに無季の句を入れることを決意した著者の決意にほかならないのではないだろうか。もともとは有季定型を旨としていた著者が、それまでの来し方をほぼ捨てて（あるいは否定して）、無季の領域に堂々と踏み出したことを意味する。

『ぼうぶら』には、無季の作品が頻出する。句集全体で二割から三割ぐらいだろうか、本来、有季定型を旨としてきた人の著書としては、信じられないぐらい多い。

絶えず鏡へ流込む谷の噂
盆の縁なぞりてこその友情ぞ
井戸と駅行つたり来たりする少女
眼鏡よりかすかな音のしてゐたり
船頭の歌ふ間に巣は壊れ

鶏のゆきもどりして国境

かつて三橋敏雄氏が語った「無季俳句には手本がない」「手本がないぶん、茨の道である」の逆を行くように、小山玄紀はページごとに無季の作品を繰り広げる。それらの句がはたして成功しているかどうかについて、筆者は語るべき言葉を持たない。なぜなら、ある俳句の価値を定める際の、季語の本意・本情といった基準が、無季俳句にはないからだ。

本来（「本来」が何かについてはいろいろ意見があるだろうが）の俳句では、まず季語がどのような役割を果たしているか、あるいは、いわゆる「季語がきいているか」を云々する。歳時記を片手に作句している俳人ならば、それがまず第一の条件だろう。しかし、『ぼうぶら』でそれは通用しない。有季、無季。無季、有季といった繰り返しの中で、「季語があるかないか」といった次元を超えた読み方をしなければならない。これは読者にとって案外過酷なことだ。たとえば、篠原鳳作の〈しんしんと肺碧きまで海の旅〉につき、筆者は少し書いたことがある。それは、よく俳人がいう「この句には夏の季感がある」からいいのではなく、この句は無季だからこそ価値があるのだ、といった論の展開の仕方だった。ある人がこの句を夏らしいと思い、またある人が秋らしいと思ったところで、それが何になるのだろう。無季の作品は、それが「季語がない」からこそ、価値がある。「肝を据えて」「季語を選択しなかった」ことにこそ、この句集には価値が生まれるに違いない。

もちろん、『ぼうぶら』には有季の作品が多く見られる。ただ、その多くは、季語そのものに正面から取り組んだというより、むしろ、「ついでに季語感」が強いかもしれない。いやいや、そうではなくて、俳人にとって（おそらくは）不可欠な季語を捨て、素のまま、あるいは素を超えた自分の世界で勝負しようとする思いのあらわれだと見ることも可能である。これはとても難しい問題であり、筆者は句集のゲラを読んで以来、深く悩んできた。また、句の中で取り合わされたものやことをどう考えるべきか、長いこと悩んできた。

絶えず鏡へ流込む谷の噂

この句の「鏡」と「噂」。

盆の縁なぞりてこその友情ぞ

この句の「盆」と「友情」。

井戸と駅行ったり来たりする少女

この句の「井戸と駅」及び「少女」。

眼鏡よりかすかな音のしてゐたり

さらにこの句の「眼鏡」と「音」。

鶏のゆきもどりして国境

そう、「鶏」と「国境」。

こういった作品を前にして、筆者は頭を抱えている。それは、何がこの著者を無季俳句という荒野へと突き動かしているのかという不可思議さゆえだ。

もちろん、『ぼうぶら』には有季定型らしき句がある。しかしながら、それらの句を精査すると、何か怪しげな世界が見えてくるのはなぜだろう。

セーターを裂く音幽か扇ケ谷
鏡ありさうな竹林冴返る
鏡師も運動会に来てゐたり

これらの句でわかることは、取り合わせの妙である。一句目は「セーター」と「扇ケ谷」であり、二句目・三句目は「鏡」がキーワードになる。よくある有季定型句ではなく、一句一句がかなり怪しい。

次の句群も同様である。いや、少しわかりやすい点において、読者がついてきやすいかもしれない。

顔の乾いてゆきぬ芒原
墓地に懸る太陽ひとつ螽斯

月光に興奮したる鱗かな
新しき痛点一つ草紅葉
しろがねの盆の無限に夏館
白シャツ著て神の勉強捗りぬ
己が髪に溺れてをりぬ夜学生
受験生より電話来る渚かな

見覚えのあるこういった作品を読んでいると、句会や吟行で見た時の印象とは全く異なることに気付く。たとえば、「しろがねの」の句は吟行先で目にした作品である。メニューを次々と運んでくる「盆」が「無限」とはよく表現し得たものだと、当時思った。また、「受験生」の句は、まことに稀有な状況において、唐突にかかってくる「電話」に驚嘆した。

しかしながら、一冊の句集としてまとまった時、これらの句は、「ふつうの、季語がある句」「ふつうの五七五」といった範疇を超えてしまっていることに気付く。無季と有季を織り交ぜた一冊の中で、「分類は、もうどうでもいいのではないか」という気分にさせられるのだ。

『ぼうぶら』には、家族が案外多く登場する。

濁らねば蠅帳ならず母ならず

竜胆を見付けるたびに母老いぬ

たしかに、これらの句に季語はある。しかし、ある時は「濁らねば母」ではないという。またある時は「竜胆」に気付くたびに「母老いぬ」という。まるで、この「母」はこの世を超越した存在であるかのようである。

台風や岬は父と母載せて

父母に真赤な廊下続きをり

六花置いておかうよ父の席

父も母も油が要ると春の闇

柏餅父はあつさり母娶り

星涼し火口へ親を伴ひて

妹は瀧の扉を恣

こういった作品を読むと、「著者の家族との距離」を感じる。それは実際の生活における隔たりというよりも、作品の中での遠さ、お互いに侵し合わない美しい距離という意味での。身体的には近くても、心のうえでははるかに隔たることを著者が望んでいるということだろうか。

さて。率直なところ、筆者は無季俳句をこれほど入れることに反対した。大反対した。著書名にも反対した。一冊目の句集をどうしてこうまで厳しいものにするのか。

しかし、小山玄紀はわざわざ選んだ。それが吉と出るか凶と出るかを考慮せず、本当に「あえて選んだ」。それが何によるかは、筆者には想像できないけれど、思えば、俳号の「玄黙」から本名の「玄紀」に変えた頃から、この道は始まったように思う。

今でも、筆者（つまり私）は、この第一句集のあり方に反対している。せっかく一冊目を出すなら、これまで評価されてきた数々の作品を並べたらよいではないか。玄黙の名で載り、皆が愛唱してきた句を載せたらいいではないか。

しかしながら、小山玄黙改め小山玄紀は、それをよしとしない。周囲の人々、そして筆者を含むさまざまな人間の焦りや「惜しい」と思う気持ちを全て超え、わが道をゆく決意をこの『ぼうぶら』で示そうとしている。

普通ならここで、「第一句集おめでとう」と書くべきなのだろうが、さて、どういうべきか。あらゆる軛を振り切って、一冊目の句集を出そうとしている彼に、私はどんな言葉を掛けるべきか。

思えば、何年も前の「NHK俳句」の投句が、まだ高校生だった小山玄紀との出会いであった。兼題が「障子洗ふ・障子貼る」であり、彼は二席になった。会ったこともなかった当時から、「群青」の編集長として辣腕をふるってくれたここ数年を思うとき、一見短いけれどかけがえのなかった濃密な歳月を思う。

本当は、有季定型句だけで第一句集を構成してほしかった。泣きたくなるほど、そうしてほしかった。しかしこれは、紛れもなく彼自身の選択である。自分で選ぶこと、あらゆる非難を受け止めること。それをじゅうぶん覚悟しているであろう彼に、あらためていいたい、そう、断腸の思いで「第一句集おめでとう」と。

櫂未知子

二〇二二年の初秋のある晴れた日に

ぼうぶら＊目次

装幀・君嶋真理子

句集　ぼうぶら

俤ケ谷

鎌倉や歌声のする穴一つ

龍の玉探りて鳩は無数なり

絶えず鏡へ流込む谷の噂

落葉踏みしだき斜面の人とのみ

相似たる門八方に眠くなる

山茶花山茶花ごめんなさいと笛吹きぬ

竹馬のまま見送りてくれにけり

盆の縁なぞりてこその友情ぞ

冬蕨墓を見下しながらゆく

鎌倉の未亡人より賀状来ぬ

愚図愚図してゐると逆夢凍りますよ

セーターを裂く音幽か扇ケ谷

定かなるもの顔と寒椿

鏡ありさうな竹林冴返る

大丈夫ここも鶯のこゑがする

卒塔婆の三本通る巣箱かな

綺麗な面探すばかりの日曜日

涙直線なさず金縷梅花盛

やはり空憎みがたしよ桜の芽

風光る松葉全ては見えねども

花時の眼毳立ちゐたりけり

三月も終り頃なる蝸牛

毛虫にも色色虚子の忌なりけり

ある日山吹を圧縮してみたし

桜蘂降る戒名と平行に

眦の痺れてくるは花の王

揺れてゐるものを尊く思ふなら

斜美しや五月の枝枝も

空谷をさらにさびしく夏鶯

掌を拭いて遠くの声のこと

さみだれの森の一番奥の顔

紫陽花に顔むずむずと乙女かな

涼しさや寺の中よりわらひごゑ

今欲しいのは苔の花戦がすこゑ

顔の中から新しき蔓と汗

糠雨や蛍袋に跼むたび

井戸と駅行つたり来たりする少女

素足にて赤い電車に乗りにけり

白靴や鱗と無縁なるわれら

梨齧りつつ塔に近づきぬ

釣船草先に見たのは私です

竜胆色の切符かざしてゆく人人

顔の乾いてゆきぬ芒原

幼帝に蓮の実一つ当りけり

杜鵑草の斑全部一度に見ようとす

谷底に友の見えては柿啜る

鯖雲と別の雲との境あり

墓地に懸る太陽ひとつ蠡斯

誕生日近く紫式部の実

結界を出でゆく卵数へをり

気儘頭巾

青蘆原あの人と戦はうと思ふ

水中に太鼓打つなり夏休

対岸は夏の旗振つて強気なり

隠沼に浮人形を浮べむと

王子にさらしても構はない蛍袋

蒲の花鳥から埃立ちにけり

忽然と勝機は来り真葛原

チョコレート砕けて秋の渚かな

眼鏡よりかすかな音のしてゐたり

友人を取込んでおく芒原

湖に秋の卵を置きにけり

敗荷や自分の声と人の声

月光に興奮したる鱗かな

その穴は確かに秋の甲斐にあり

三日月が怖い怖いと甲斐国

無花果の熟れてゆきたる征野かな

新しき痛点一つ草紅葉

どうしてもと言ふなら柿簾越しに

小春日和そこに扉はありますが

遠き馬眺めてをれば雪婆

白山茶花こぼれ太鼓の中の日日

自分まで続きて冬の水たひら

枯芒船とは別に揺れゐたり

気儘頭巾似合へばこその水辺の義理

呼鈴に繫つてゐる浮寝鳥

後から氷の匂してきたり

先生の幸せさうに立つ中洲

崩壊してしーんとしたり冬の朝

蒲団より真直に野を見てゐたり

ポケットをふやしませんか鳰

悴みて湖の面は緻密なり

春水に近づけるだけ近づきぬ

船頭の歌ふ間に巣は壊れ

わが唯一の証人とゆく犬ふぐり

青い膜搈へ昼の話せむ

舟の上より次次と石鹸玉

独り言こつんと蝌蚪に当りけり

みな岸のこゑをだしたる桜時

西へ顔動かしてゆく桜かな

あはうみの霞かばんに集めよと

鳥渡した地獄あしびの花満ちて

人の世の花粉纏めてゐるところ

列柱と林の境界に眠らう

夏鴨のまはりの濁るほかはなし

花胡桃気持分散させにけり

萍の傍に飲食すすむなり

喇叭吹く方に浮巣のありにけり

青梅の軋みだしてからでは遅い

末草メトロノームの壊れたり

遠ざかりつつ友人は楔形に

ぼうぶら

鍵盤の光に気付く客一人

しろがねの盆の無限に夏館

本当に脚気となりぬ塔の中

少年のかく頻繁に髪洗ふ

一階へ荊棘の皿を探しにゆく

白シャツ著て神の勉強捗りぬ

難しき映画を観たり夏休

暗闇に麦藁帽子落つる音

いつまでも都の羽根を持つてゐる

心太一本づつは曇らずよ

白い花批判しておいて橋渡る

所所に独活の花立つ磁界かな

百合のある方と狐のゐる方と

密林に夕の髪のひびきはじむ

天上の瘤に針さす仕事かな

天人の足首ちらと夏の暮

駕籠の中より裸子を眺めをり

宮殿に郵便来り蓮の花

蓮の葉の面積と言はれましても

君の牛悲しさうなる溽暑かな

甲羅から壊れてゆくと日の盛

鶏はすでに眠りぬ流灯会

台所素通りしたる秋の霊

白桃を剝いてゐるなり海の上

唯一の軸はゴーヤー日日学生

なるべく平に秋を過さむ秋の香水

抽斗になぜかをさまる吾亦紅

とても長い馬と少しだけ怖い馬

教育的な休暇

南より少女十八木染月

踊りつつ芒原より現れぬ

さて茸狩には誘ふべきだらうか

門弟の打揃ひたり茸狩

茸狩朱色の袋見せびらかし

茸うすびかりせる道選ぶなり

先生の指したる昼の茸かな

茸山怒分厚くなりにけり

眼鏡拭く親友そこに茸狩

姉に頼まれし茸の写真かな

茸狩栗の斜面に出でにけり

茸提げてどうも私が殿よ

芒原封書に腐臭ありやなし

*

ローマいま猫の鎖の切断あり

秋の瀧撮らむとすれば誰か泣く

霧吹を比べてゐたり花畑

父達の橋の計画秋の蝶

己が髪に溺れてをりぬ夜学生

今

手を洗ひなさい猿酒舐めなさい

苦しさや月の畳を車輪ゆく

黒き犬またぎて秋の子供かな

電球に静かなる歌吹掛けぬ

栗御強荒野の風を締出して

かの人形鰯に埋れてをらむ

いつも何かうしろめたくて柿の秋

鶏のゆきもどりして国境

登高のわがしろばなへ驀地

一人一個ぼうぶら持つて前進す

物置の屋根傷みをり松手入

武蔵野に覚め晩秋の風船あり

穭田に捨てられてゐる万眉かな

ＣＤを旅の鏡としてゐたり

鏡師も運動会に来てゐたり

烏瓜自体は簡単なものの

臭木の実仰ぎどきどきしてきたり

突然に羽搏いて冬呼びにけり

病院のすでに遠しや鵙

小春日を壺の方角へとあゆむ

山茶花と関りもなく雲白し

傍に蝶凍つる印の浅い歌声

綿虫を隠しておきぬ角火鉢

傷ついて吊菜の内側に居たり

なるべく小さく柊の花の如く

万両が青いと蜘蛛の言葉にて

はじめから壊れてゐたる蓮根かな

鉄棒の上達したり神無月

菱形の神折畳む水辺かな

百合鷗さし不覚にも明るい指

桃色のピアノの内の豪雨かな

深入したり白菜の断面に

一応は傍に鋏や日向ぼこ

水音の気に入つてゐる冬の家

餺飥をたべたるのちの稽古かな

すぐに雪催がわかるやうになる

うつし世の回転焼の厚みかな

また寄生木を見つけたり昼休

冬の鳥留学生の美しき

流感の人を描かせてもらひけり

まなうらは馬の闇なり玉子酒

極月の淋しさは籠抜けゆけり

旅せむと胸の柱をばらしておく
われら襟立てて風媒旅行かな

冬虹や鞄の中の握飯

真青な冬の人より電話あり

冬怒濤煎餅のある右手かな

恩人の手帖の中の鸛

後輩のわらひごゑして波の花

皆の羽眺めてゐたり年忘

ポケットの中にて混合ひにけり

来し方は鶴の倒るる音したり

私

長い物とんとんとんとする癖ありぬ

十五日粥の濁はわがために

地吹雪の芯は綺麗な茎ならむ

弓の重心雪国の子等真剣に

みどりごの肉へと冬のピアノかな

寒卵弦のふるへを遥かにす

氷上の旅忽然と典雅なドア

鞦の花ひらくまでダンスせむ

松と髪濡れ方違ふ雪籠

受験生より電話来る渚かな

風信子夜の種類に関らず

海藻の眠らせてくれぬ小部屋かな

川の面の釦外してゆきにけり

襞一つなきスカートも春氷

電車では行けぬ所に巣箱掛く

あつさりと二月の甕の割れにけり

歌声の貸借も松林にて

野焼の火映込みたる釦かな

他人の夢にも釘打つてゆきにけり

歯を磨きながらも雪崩雪崩かな

天気図を熟読しては風車

蒲公英の数にこだはる女かな

黒猫は平均台を進みをり

瘦身にいれこむ厚い茶托かな

学校に兎三羽や春の暮

夕方の筋のみるみる外れけり

冗談や花の斜面を下りつつ

彼等あをさぎの如くに花疲

歌声は霞うごかすこともなく

茎立と腿と波長の合ひにけり

机上の黒椿を全部片寄せぬ

島人の涙袋を潰してゆく

のろのろと独活に迫りてゆく男女

白藤や夢の東西南北に

夜の広さ感じてゐたり菠薐草

太陽の苦しく揚る栗の花

本当は小麦畑の中に居り

胸中の斑点増ゆる五月かな

緑蔭に恥しきこと思出す

青稲一本抜いて歩むは耳の道

引続きダンス激しき橋の上

小満や種の内側覗きたく

棘描くうちにすつかりよくなりぬ

すみずみへ新聞届く夏霞

雲上にちらかる竹夫人の数

御願の沢山ありぬ氷水

青梅と睥斥合ひにけり

喜のドアにぶつかる蝸牛

遥かなる水傾きぬ蝸牛

蝸牛そろそろ錆びてもらふ頃

少年はこゑを冷して蝸牛

五月蝿なす神と壁紙選ぶなり

先生の余暇の記録を曝書せり

手の平当てて手の甲当てて箒草

使ひ方忘れかけたる水鉄砲

歯を百合の色に寄せゆく月日かな

蟬声の膜のうちがは歩む土曜

帽子とつて明るくなりぬ冷奴

蝶の貌見えてくるまで髪洗ふ

おはじきをたつぷりもつてゆかれけり

トンネルと死後といづれが涼しいか

さうそれは死ぬと貰へる草笛よ

鹿のイメージ

親戚に石くばりゆく夕かな

濁らねば蠅帳ならず母ならず

昼顔をたぐるといつか父の鈴

客人来るまでに青鷺ほどいておいて

夕童唐糸草にしがみつく

誰かの母誰かの墓や油照

避暑の姉妹それぞれにある鹿のイメージ

老人達の金銀の氷菓かな

盆波や嬰と来る松林

生身霊鏡のみこみゐたりけり

妹の泣きゐる処暑の廊下かな

いつまでも冬瓜摩る母刀自よ

竜胆を見付けるたびに母老いぬ

葡萄棚遠くに母の脚二本

台風や岬は父と母載せて

誰か産るる前触の稲穂波

青空を剝しゆきたる姉妹かな

藤色の霧懸れるは姉の領分

冷かや苔に吸はれて母の声

みどりごの眠通しぬ紅葉狩

葡萄の葉枯るる音よと母は言ふ

鏡に今家族全員映りけり

父母に真赤な廊下続きをり

鯛焼をたべてのばすは親子縞

糸屑を飲みたる五郎から光る

日溜を三角にしてゆく妹

六花置いておかうよ父の席

硝子戸の内側赤子めざめゐる

他の母よりも僅かに長きペン

学生や藪鶯に励まされ

鋤焼や信心深き三姉妹

老婆居て寒木瓜咲いてわが鬼門

芳しき霜焼薬伯母の家

フルートの向うの母へ糸進めむ

赤子満ちあふるる昼の菫かな

蕨餅雨の双子に出されけり

父も母も油が要ると春の闇

曽祖母の埃つぽくなる時間かな

父の枠内を落花の片寄りぬ

諸葛菜へと近付けば子供消ゆ

みんな帰ると都忘になる母よ

姉様達と蝶狩に来ませんか

柏餅父はあつさり母娶り

少年のねばつきどきの野原かな

父母に蹼の歌教へけり

探すべきもの乳母車ばらしても

妹は異形の枇杷を大事にす

睡蓮のやや傾きぬ姉の部屋

祖母の帯弄りてゐたり梅雨の月

蛍火にかぶせておかむ姉の蓋

星涼し火口へ親を伴ひて

妹は瀧の扉を恣

跋

＊

佐藤郁良

小山玄紀君が初めて群青の句会にやって来たのは、彼がまだ高校生の頃である。第一印象は、小柄で礼儀正しい少年といった感じであった。すでに俳句の骨法を習得し、端正で叙情的な句を作っていたのが印象的であった。

玄紀君が群青の門を叩いたのには、いささかの経緯がある。その数年前、知音代表の西村和子さんに「会わせたい人がいるから」と銀座の卯波に誘われたことがある。そこで紹介されたのが、知音同人で慶應義塾湘南藤沢高等部教諭のH先生であった。私はすでに開成高校を率いて俳句甲子園に出場し、何度か優勝もしていたのだが、西村和子さんから「是非、慶應湘南からも俳句甲子園を目指してほしい。ついては、誰か指導者を紹介してくれないか」と頼まれたのである。私の教え子の中に、後に田中裕明賞を受賞した小野あらた君がいて、彼が当時ちょうど慶應湘南キャンパスに通う大学生であった。そこで、私があらた君をH先生に紹介することとなったのである。こうして、小野あらた君が慶應湘南藤沢高等部に出向いて俳句を指導するようになった。その第一期生が小山玄紀君という訳だ。つまり、玄紀君は当初、私の孫弟子であったのである。

玄紀君は二〇一六年に慶應大学へ進学、正式に群青の同人となり、編集などにも加わるようになった。二〇一八年からは三年半にわたり、編集長として群青の雑誌づくりの中心になって活躍してくれた。この間、「小山玄黙」の俳号で、俳句四季新人賞や星野立子新人賞などを受賞。作品の面でもめざましい活躍をしたにもかかわらず、「玄黙」時代の作品は、この句集からはごっそり削り取られている。

鎌倉や歌声のする穴一つ

群青で無季の句を作る同人は数少ない。この句を、句集の冒頭に置いたことからも、玄紀君の並々ならぬ決意を、私は感じ取っている。玄紀君が今、目指しているものは何なのであろうか。

物置の屋根傷みをり松手入

手の平当てて手の甲当てて箒草

風光る松葉全ては見えねども

例えば、これらの句は『ぼうぶら』の中にあって、さほど難解ではない句だ。一句目、「松手入」をしている植木職人には、物置の傷んだ屋根がよく見えているのであろう。ふだん見えないところ、気づかないところを拾って描くという点で、俳句の骨法を踏まえた句と言ってもよい。二句目、青々とした「箒草」を目にしたとき、俳人がつい取ってしまいそうな行動を、的確に描いている。ある意味で、「箒草」という植物の本質を、今まで言葉にされていない形で言い当てているとも言えよう。三句目、「風光る」中にあっては、何千本もの松葉が全て見えてほしいと願っているかのようだ。見えないものを全て見たい、気づかれなかったものを全て認識したいと思う欲望が、玄紀君の句の根底にあるような気がする。

そうした基本的姿勢は、より感覚的な形で、ときに難解な形をとって読者を惑わせ、魅了する。

　卒塔婆の三本通る巣箱かな

　鏡ありさうな竹林冴返る

一句目、寺や墓地の中に掛けられた「巣箱」だと思えば納得はいくが、それだけでは済まされない謎がある。巣箱の中の雛鳥は、我々が普段見ているのとは違う世界を見ているのかもしれないと気づかされる。二句目、早春の竹林である。多くの木々が蕭条と枯れ果てている中にあって、竹林だけが早春の光を乱反射しているのであろう。そこに、作者はあるはずのない「鏡」の存在を感じ取っているのだ。虚の「鏡」の存在を想定することによって、玄紀君は早春の竹林の輝きを自己の認識下に取り込んでいるのではないか。

　しろがねの盆の無限に夏館

　呼鈴に繋つてゐる浮寝鳥

この二句なども、言葉では鑑賞しきれないもどかしさを感じつつ、その魅力を捨てきれない。どんなに立派な「夏館」であっても「しろがねの盆」が無限にあるはずはないのだが、もはや虚の「夏館」であっても一向に差し支えないと思われる。単なる写生を超えて、「夏館」という季語に内在するイメージをどんどん純化させていった結果が、無限に並ぶ「しろがねの盆」なのではないだろうか。「浮寝鳥」の句も、同様に難解だ。鳥たちを起こせば、きっと大きな声で鳴き始めることであろう。それが「呼鈴」のようだと鑑賞すれば説明はつくが、それではこの句の持つ味わいは失われてしまう。もっと遠いところにある両者のつながりを感じつつ、それが何なのか悩みながら鑑賞したい一句である。

世界を当たり前の視点で見ないこと、私たちが当たり前だと思っている認識に疑いを差し挟んで見ることが、今の玄紀君の句作の基本にあるのかもしれない。それは、『ぼうぶら』後半の家族をテーマにした一連にも現れているようだ。

柏餅父はあつさり母娶り

昼顔をたぐるといつか父の鈴
父母に真赤な廊下続きをり

父が母を娶ったときのことを、息子である作者が知るはずもない。聞き伝ての話だとしても、「あつさり」という措辞には、父へのかすかな違和感を感じ取ることができよう。「昼顔」の蔓をたぐるという行為は、自身のルーツを探ることに重なるのであろうか。好むと好まざるとにかかわらず、自分の命は「父の鈴」につながっているのだ。父と母が歩む「真赤な廊下」は、ヴァージンロードをイメージさせる。息子である作者は置き去りにされ、いつしか幸せな両親を見送る側に立たされているようにも思われる。

誤解のないように言っておくが、玄紀君の家庭は十分に裕福で幸福な家庭である。ご両親も立派な方たちであるし、作者もそう思っているはずだ。だが、玄紀君は当たり前の幸せな家庭をそのままに描こうとはしない。その根底には、父母に対するというよりむしろ、今の自分自身に対する疑念が横たわっているのかもしれない。

　私は今まで多くの若者を育ててきたが、その中でも玄紀君はとびきり優秀な青年である。編集などの実務能力が高いばかりでなく、俳句に対する姿勢も誰よりも真摯であるし、さまざまな場面で他者への気遣いもできる。この春からは医師として第一歩を踏み出し、幸せな結婚も決まった。何ひとつ不自由のない順風満帆な人生を歩んでいるのである。

　その一方で、玄紀君は、どこか現実の世界に馴染み切れない「渇き」のようなものを感じているのではないかと思うことがある。あるいは彼は、それまで自覚していなかったそうした「渇き」に、俳句を作り続ける中で気づいたのではないだろうか。「小山玄黙」時代の作品は、もっと調和的で世界と折り合いをつけていた。だが、それは彼の本来の姿ではなかったのであろう。そう考えれば、『ぼうぶら』を通して見えてくる複雑な作者像こそ、玄紀君の本当の姿であると言える。読者は、この厄介で複雑な作者とその作品を、そのままの形で楽しめればよいのだ。

小山玄紀、この若くて優秀な才能が、今後どのような道筋をたどって大成してゆくのか、私にも全く想像がつかない。彼にとって、『ぼうぶら』は壮大な寄り道になるかもしれないし、このままさらに斬新な冒険に突き進むのかもしれない。いずれにせよ、私の中にはいささかの心配もない。彼の才能と俳句への真摯な姿勢は、必ず大きな果実につながると信じられるからだ。

『ぼうぶら』、この一集が私の心に与えてくれた揺さぶりを忘れずに、玄紀君の行く末を静かに見守ってゆきたいと思っている。

二〇二二年七月　遠く雷の鳴る夜に

佐藤郁良

あとがき

櫂未知子先生、いつも私の味方になってくださり有難う御座います。佐藤郁良先生、私を「群青」の仲間に迎えてくださり有難う御座います。そして私の最初の師である小野あらたさん、自作を記録する習慣のない私に資料を提供くださった田中冬生さん、慶大俳句の大先輩である行方克巳先生他多くの句友に御礼申し上げたいと思います。

そしてこの句集は家族への感謝の印であり、そのようなごく個人的な一冊を読んでくださった皆様にもまた感謝致します。

私自身の脆さや弱さを恥じずに晒すことが出来たならば、

「ぼうぶら」という名前に適った句集になったと、胸を張って言えます。

二〇二二年九月

小山玄紀

著者略歴

小山玄紀（こやま・げんき）

平成9年大阪生。平成28年「群青」同人、
櫂未知子・佐藤郁良に師事。俳人協会会員。

現住所　〒326-0822
　　　　栃木県足利市田中町907-1-902

著者　小山玄紀ⓒ　発行日　二〇二三年一一月一九日初版発行　発行人　山岡喜美子
発行所　ふらんす堂　〒一八二・〇〇〇二　東京都調布市仙川町一-一五-三八-二F
電話　〇三（三三二六）九〇六一　ＦＡＸ　〇三（三三二六）六九一九
ＵＲＬ　http://furansudo.com/　ＭＡＩＬ　info@furansudo.com
印刷　日本ハイコム㈱　製本　㈱松岳社　定価　本体三〇〇〇円＋税
ISBN978-4-7814-1508-6　C0092　¥3000E

ぼうぶら